ESSAI

SUR LE CLASSIQUE

ET LE ROMANTIQUE.

ISSOIRE, IMPRIMERIE DE VEDRINE.

ESSAI

SUR

LE CLASSIQUE

ET LE

ROMANTIQUE,

Par M. Cauues.

A ISSOIRE,

CHEZ PERRON, LIBRAIRE,

RUE DU PALAIS.

1834.

[illegible]

[illegible]

[illegible] FIRMIN DIDOT [illegible]

[illegible]

par M. Camus

[illegible]

ou

[illegible]

[illegible]

PRÉFACE.

On s'est long-temps demandé et l'on se demande encore : Qu'est-ce que le romantisme ? Charles Nodier qui a tant souffert, tant souffert de la première révolution, il le dit du moins assez souvent, voulant faire expier au romantisme littéraire le mal que lui a fait le romantisme politique, s'est amusé à le tatouer avec la pointe de l'épigramme. « Le romantisme, a-t-il répondu, c'est la cloche du soir, la brise du matin, les soupirs du vent, la voix des forêts, ou quelque chose d'approchant. »

D'autres ont dit à leur tour, car chacun a voulu dire quelque chose là-dessus, au risque même de tomber dans l'absurde : « Le romantisme, ont-ils dit, c'est un jeune homme aux cheveux hérissés, au visage pâle et triste, sans cravate, les yeux en l'air, la bouche ouverte, ayant un clocher à sa droite, un nuage à sa gauche, et pour Apollon un.... Saint-Esprit, aurait dit un homme conséquent; mais non! ils n'y regardent pas de si près, eux, et pour Apollon un vautour qui s'acharne sur un cadavre. » *Un vautour, un cadavre :* cela produit de l'effet à la fin d'une phrase.

Un portrait aussi lugubre a dû nécessairement faire reculer d'effroi les gens timides de leur naturel ; et à cette occasion que je vous conte une petite histoire, que j'ai lue quelque part, et qui, à défaut d'autre mérite, aura du moins celui de l'à-propos.

« Une baronne disait un jour à un écrivain judicieux, qui a traité la matière avec conscience et justesse : O mon Dieu ! M. Corinx, le croirez-vous ? je tremble de tous mes membres, je frissonne de crainte à l'idée d'un romantique. Oh ! je mourrais, voyez-vous, je mourrais bien certainement, mon cher M. Corinx, si j'avais le malheur d'inspirer de l'amour à un de ces êtres-là.... car on dit qu'ils ne mangent pas, ne dorment pas ; qu'ils ne se promènent jamais qu'au clair de la lune et sur les bords des torrens ; qu'ils ne font pas enfin généralement toutes leurs fonctions comme les autres hommes. Pendant que Mme la baronne s'exclamait ainsi, en se promenant dans le jardin du Palais-Royal : Tenez, Madame, lui dit M. Corinx, voilà Victor Hugo. — Quoi ! c'est Victor Hugo .... s'écria-t-elle ?....... Un instant après passe

Lamartine, une jolie femme à son bras, qui lui souriait bien tendrement, et à laquelle il rendait sourire pour sourire. — C'est Lamartine, dit encore le complaisant cavalier à Mme la baronne. — Comment!!! fit-elle....... Mais il est bien gentil, ce M. Lamartine! n'est-ce pas, M. Corinx?.... O mon Dieu, c'est Lamartine!!!» Que de gens s'extasieraient comme la baronne, s'ils voyaient, examinaient de près les productions de la nouvelle école!!

Une demoiselle, de je ne sais quelle ville, demandait à un professeur, de je ne sais quel collége, la différence qu'il y a entre un auteur classique et un auteur romantique. — Un classique, répondit finement M. *Quiquécode*, c'est ainsi que s'appelait M. le professeur, c'est celui qui a fait ses classes; un romantique, au con-

— 9 —

traire, c'est celui qui devrait les faire......
et la demoiselle comprit.... que M. Quiquécode avait fait ses classes.

Lecteur, si la contagion vous gagne, si
vous me demandez, à votre tour, une
définition nette, précise, exacte du romantisme, point ne pourrai vous satisfaire :
ces choses-là se sentent et ne se définissent
pas. Cependant voici tout ce que je puis
vous dire à cet égard : Le romantisme,
c'est une idée nouvelle mise à la place d'une
idée décrépite. Mais voyons : les exemples
peut-être vous feront mieux comprendre la
chose.

Un Larochefoucault, modeste descen-
dant d'une famille illustre et féconde autrefois en ducs, comtes et barons, archevêques
et évêques, brise la chaîne héraldique des
absurdes préjugés de sa caste, épouse la

fille d'un vétérinaire, et cela par simpathie seulement : voilà du romantique.

Si le mérite et le talent occupaient seuls les emplois, ce serait encore du romantisme.

Une riche et tendre jouvencelle, n'écoutant que la voix de son cœur, veut-elle unir sa destinée aux destinées d'un jeune homme bien rangé, bien laborieux, vivant du fruit de son travail ? cette velléité est une velléité romantique. Mais de philargures parens, race d'ordinaire maudite et barbare, ne prisant le talent qu'autant qu'il a les poches pleines d'or, tiennent-ils en charte-privée la trop sensible tourterelle ; oh ! dites alors : C'est du classique en action, et du classique tout pur.

Racine a fait du romantisme littéraire, lorsque, rompant enfin ses lisières, il a introduit les Hébreux sur la scène, au grand détriment des Grecs et des Romains.

Corneille en avait fait avant lui, lorsque, secouant le joug d'Aristote et l'absolutisme de Richelieu, il a sapé le tronc vermoulu de l'arbre des unités, et a jeté à la tête de l'Académie sa tragédie du Cid, qui a éclaté comme un obus au milieu de ses perruques à trois marteaux.

Et à propos des unités, je dois prévenir le lecteur que je les ai passées sous silence, parce que, dans le cours de mes rapides réflexions sur le mérite des deux écoles, je n'ai envisagé que les points culminans de la question. Toutefois j'en dirai un mot ici en passant. Bien que Boileau, le souverain législateur du vieux parnasse, veuille absolument,

« Qu'en un lieu, qu'en un jour un seul fait accompli,
» Tienne jusqu'à la fin le théâtre rempli, »

les unités de temps et de lieu sont et
seront toujours indépendantes des sujets
que l'on traite ; vouloir étouffer le génie
dans l'étroite enceinte d'un appartement,
ou dans le court espace de vingt-quatre
heures ; comme aussi, faire parcourir en
quelques minutes seulement plusieurs degrés
du méridien à un personnage ; le présenter

« Enfant au premier acte et barbon au dernier, »

sans aucun avantage réel pour l'intérêt ni
pour la péripétie théâtrale, ce serait deux
choses également absurdes. Le génie fait tout
ce qu'il veut : pour lui, les règles ordinaires
ne sont qu'un grain de sable que son souffle
p i ant balaie et dissipe dans les nues. Il
n'est qu'une loi qu'il ne saurait enfreindre
impunément : c'est l'obligation de plaire,
selon les temps et les mœurs. Je ne parle

pas de l'unité d'action, parce qu'elle n'est pas une règle ; mais une chose fondamentale, nécessaire, constitutive de tout ouvrage dramatique ; une conséquence du sens commun.

Je n'ai plus qu'un mot à ajouter ; il est relatif au but que je me suis proposé. En livrant à la publicité ce court résumé de la querelle des deux écoles, je n'ai pas eu la présomption d'adresser mes réflexions à cette classe de gens éclairés par l'expérience des lectures journalières ; elle les a déjà faites avant moi, et sans doute plus heureusement que moi. Je parle seulement à cette jeunesse studieuse qui, après avoir, comme l'on dit, fini ses classes, n'a pas cependant des idées encore bien arrêtées sur cette matière ; c'est pour elle seule que j'ai glané, dans les champs de la pensée, ces épis que je livre aujourd'hui au fléau de la méditation. Puissent-ils, ces jeunes esprits, agens actifs d'une civilisation moderne, nourris du grain de la nouvelle école, tracer de larges sillons dans le domaine de l'intelligence, et s'inspirer de ces sentimens religieux et français qu'ils ont sucés au sein maternel, et qu'a développés en eux la voix sacrée de l'instruction !

ESSAI

SUR

LE CLASSIQUE

ET LE

ROMANTIQUE.

⸺⬦⬦⬦⬦⸺

Tandis que la destinée de la France dominait les destinées des peuples ; que Mirabeau faisait sa politique et sa force, et Napoléon sa gloire, des hommes aussi généreux et dévoués, voyant le rapide mouvement qu'imprimaient aux esprits les ressorts d'une nouvelle politique, se replièrent dans le passé, examinèrent, sous

toutes ses faces, la littérature de nos pères,
et se dirent à eux-mêmes :

« Voilà sans doute de belles choses, de
» sublimes imitations des types anciens !
» mais où est le caractère natif, le type
» de la nationalité? Partout se trouvent
» Athènes et Rome ; et la France nulle
» part ! et qu'ont à faire ici deux villes
» mortes, ici, au sein d'un peuple nouveau,
» d'un peuple assez fort de sa force, assez
» vivant de sa propre vie? non, cette litté-
» rature n'est pas la nôtre ! » et en même
temps ils appliquèrent l'oreille du génie
contre le sol de l'intelligence, et, à travers
les bruissemens des intérêts matériels, ils
entendirent quelques cris sourds et plaintifs,
qu'ils crurent être les vagissemens d'un
nouveau monde : « Voici le jour des créa-
» tions, s'écrièrent-ils ! au nouveau monde

» politique vient se joindre un nouveau

» monde littéraire.— Marchons au secours

» de la nature en travail,—et ils marchèrent,

» et avec eux a marché l'époque actuelle. »

Au bruit de leurs pas empressés, quelques

hommes chagrins, quinteux, intolérans,

» Au char de la pensée attelés par derrière, »

se mirent à crier de toute la force de leurs

poumons : « Profanes ! sacriléges ! arrêtez !

» le génie a placé Corneille et Racine aux

» limites du monde de nos pensées, comme

» Hercule plaça ses colonnes au détroit de

» Gibraltar. — Oui, sans doute, leur ré-

» pondait - on, et cependant Colomb a

» depuis découvert l'Amérique ; et pour-

» quoi n'aurions - nous pas aussi notre

» Colomb, notre Colomb qui porterait

» dans son génie le limon de la création, et

» sur son front le sceau de la nationalité.—

3

» Eh quoi! Corneille et Racine..... » —
Ecoutez : Il a été un temps où le pouvoir
jeta partout ses tenaces crampons; il osa
même les ancrer au sein de l'intelligence.
Ce pouvoir s'appela d'abord Richelieu,
Louis XIV ensuite; Richelieu, il força la
France à noyer ses libertés pour en former
les pilotis des digues de La Rochelle; seul
libre ensuite et seul maître, il a frappé la
pensée d'interdiction, alors qu'elle osait
s'arrêter sur le présent, scrutatrice et profonde. Louis XIV, il traquait, à coups de
cravache, les idées nationales fermentant
au sein des parlemens.

« A moi, disait le génie politique au
» génie littéraire! à moi seul, le présent;
» je te laisse le passé »; et Rome et la Grèce
devenaient la terre hospitalière du génie
malade par le travail de la pensée.

Voilà d'où nous est venue cette littérature d'imitation ; voilà pourquoi Corneille, qui eût été grand capitaine, grand diplomate, grand roi, et qui fut plus grand encore, tant il y avait de l'ampleur dans sa tête, se montre cependant à nous, ses larges épaules drapées de la toge sénatoriale et ses robustes pieds chaussés du cothurne romain ; voilà pourquoi derrière cette saillie du grand siècle, Racine apparaît à nos regards, au bout de l'horison dramatique, environné de l'atmosphère hellénique qu'il a respirée par tous ses pores ; voilà pourquoi, enfin, ces grands hommes ont été Grecs ou Romains, au lieu d'être Français avant tout, ont été génies d'imitation, eux nés pour être génies de création.

A cette réplique indépendante et libre, ces intelligences caduques, voyant la génération nouvelle échapper à la suseraineté de leurs vieilles illusions et de leurs stériles préjugés, ont été saisies d'un dernier transport de délire, et ont jeté à la nouvelle école des paroles de colère et de malédiction; elles l'ont accusée d'immoralité, elles qui ont foulé aux pieds tous les principes de la morale; qui ont nié Dieu avec Diderot et d'Alembert; qui ont été sceptiques avec Voltaire, sophistes avec Jean-Jacques.

Mais la nouvelle école, honnête et craignant Dieu, sans peur comme sans reproche, a bouché ses oreilles et a marché devant elle, en lui disant adieu, comme l'on dit adieu au mourant qui s'éteint enveloppé du linceuil de l'éternité.

Cependant comme il se trouve parfois des gens crédules, ayant foi aux dernières paroles d'un mourant, l'école moderne a cru devoir formuler son programme, dire sur quel terrain elle veut appeler l'intelligence et planter son drapeau.

La littérature de nos pères, exilée sur la terre classique du monde idéal, voyait sans cesse présens à ses regards un Atlas qui soutient le monde sur ses épaules colossales ; un Hercule qui dompte, enchaîne le monstre aux gueules béantes et fait trembler Pluton sur son trône d'ébène ; un Diomède qui combat et blesse une divinité ; un Ajax qui soulève et lance un énorme rocher ; un Achille invulnérable qui bat toute une armée, etc., etc., etc. Ainsi familiarisée avec le grandiose fictif de ces êtres surhumains, lorsque sa vue, fascinée par tant de prestiges, s'est abaissée sur notre humaine réalité, son esprit a dédaigné, comme trace d'abjection et d'infécondité, les accidens ;

c'est-à-dire les modifications que la nature
éprouve dans chaque individu, dans chaque
circonstance de la vie. Accroupie, rapetissée
dans cette fausse idée, elle s'est adapté les
ailes d'Icare, et puis elle est montée aux
cieux pour agrandir l'œuvre de la toute-
puissance, l'enrichir de nouveaux détails,
de nouvelles couleurs, de nouvelles beautés,
de nouvelles perfections, de nouveaux phénomènes ; détails, couleurs, beautés, perfections, phénomènes qu'elle a groupés en
un faisceau pour en former un objet de
création, un enfant de son imagination,
auquel elle a donné un nom de sa façon.

C'est ainsi qu'a fait Molière, soit qu'il
ait voulu arracher le masque à l'hypocrisie,
soit qu'il ait voulu jeter dans le monde un
censeur âpre et rigoureux des vices crians
de son siècle, soit enfin qu'il ait voulu

frapper l'avarice au cœur en traînant Arpa-
gon sur la claie. C'est de cette manière
encore que Racine nous révèle l'amour
maternel dans *Andromaque ;* l'ambition
dans *Athalie ;* l'amour doux et tendre dans
Bérénice ; l'amour joint à la colère dans
Hermione et *Roxolane* , etc., etc. Sans
doute ces figures, cet autre univers, si je
puis m'exprimer ainsi, est un univers noble,
régulier, plus beau même en apparence
que l'univers réel : c'est l'humanité sublime ; mais est-ce l'humanité telle qu'elle
est ? c'est l'humanité fictive, et non pas
l'humanité historique.

La littérature moderne est plus simple
dans sa marche, plus naturelle et plus heureuse dans ses conceptions ; au lieu de
monter aux cieux pour y chercher des pro-
diges , elle chemine humblement sur la

terre pour sacrifier à la réalité ; l'une est ce philosophe qui, ses grands yeux fixés dans le ciel, cherchait un monde incréé, et ne voyait point des abîmes béans sous ses pas ; l'autre est un philosophe plus éclairé, qui a cherché et a trouvé sur la terre la vérité dans toute sa plénitude. Pour le grand enseignement de l'humanité, elle montre les choses d'ici-bas avec leurs contrastes, leurs imperfections ; les caractères avec leurs inconséquences, leurs irrégularités, leurs défauts, leurs vices ; les hommes, enfin, tels qu'ils fonctionnent sur le théâtre de la vie. Au lieu d'indiquer comme Raphaël, d'un coup de crayon, une belle attitude, un grand caractère de tête, ou d'offrir à notre admiration un Apollon de Belveder, elle nous représente un Richard III, laid et bossu : chaque personnage est un personnage tel que l'histoire l'a buriné dans ses pages ; au lieu de lui faire parler un langage élevé, harmonieux, sublime même, comme celui de Théramène dans *Phèdre*, elle lui met à la bouche les paroles qu'il a parlées dans sa vie. Louis XI dit : *Pasque Dieu !* Henri IV, *ventre saint-gris ;* Louis XIV, *jarnicoton ;* car ce sont des traits individuels, des mots historiques, qui peignent le caractère de chaque individu, et produisent la ressemblance.

Mais ce n'est pas tout : lorsque l'imagination a voulu explorer les régions du cœur humain ; qu'elle a étendu l'envergure de ses voiles sur le vaste océan des passions des hommes ; qu'elle a naturalisé la littérature au sein de cet hémisphère moral, elle a eu, dès-lors, un choix à faire. D'un côté s'offraient à ses regards, avec leurs sympathiques attraits, les passions grandes, généreuses, sublimes ; de l'autre, les passions basses, ignobles, dégoûtantes, reptiles venimeux, soufflant de toute part le souffle de la mort : celles-là, marquées au front du sceau de la vertu ; celles-ci, de toute la poésie du crime. Jusqu'à nous, la littérature du vieil âge a choisi le premier lot ; on est bien éloigné de lui faire un crime de sa prédilection ; mais ont-ils le droit, les adorateurs de cette idole, de jeter la pierre à nous qui voulons exploiter la part qu'elle, dédaigneuse, a laissée comme une aumône ; à nous, jeunes gens forts et robustes, qui saisissons le vice corps à corps, l'étreignons à deux mains et l'exposons dans toute son hideuse, mais réelle nudité ; et voyez si nos œuvres sont des œuvres coupables, comme ils se plaisent à le publier sur les toits. La

littérature de nos pères, comme nous l'avons
déjà dit, a mis toute sa complaisance à représenter la vertu douée de toutes les qualités imaginaires et imaginables, de toutes
les perfections idéales, possibles et impos-
sibles à l'imperfection de notre nature ; et
nous montrons, à notre tour, le vice dé-
gradé, dégoûtant de débauches et d'orgies,
comme nous le voyons malheureusement
tous les jours ; mais nous l'exposons aux
regards, à la manière et avec l'intention
d'un père prudent qui conduit son fils au
lit de douleur, où gît désespéré l'enfant de
la dépravation, au milieu des tortures et
des convulsions qui l'agitent ; tandis qu'elle
offre à l'imitation une nature immaculée, à
l'effet d'emmener la pauvre espèce humaine
à cette fictive perfection, exclusif apanage
de la divinité. « Dieu seul est grand, mes

» frères », disait un philosophe chrétien,
en présence des restes inanimés d'un hom-
me-roi. « Dieu seul est parfait », dirons-
nous à notre tour; nul homme sur la terre,
nul ange dans le ciel ne saurait approcher
de sa nature infinie.

— « Mais quelle horreur ! Dans vos
» terrifiantes créations, vous enlacez le
» vice de toutes vos forces, lui faites par-
» courir tous les degrés de la perversité,
» et, du dernier échelon, vous le poussez du
» pied et le retenez de la main suspendu...
» entre le ciel et l'enfer. Quelles larmes
» vous arrachez aux yeux qui voient! par
» quelles terreurs vous terrifiez les cœurs
» qui sentent ! et puis, malheureux que
» vous êtes, après nous avoir arraché
» l'ame, l'avoir pilée, broyée dans les mor-
» tiers de vos drames, vous nous laissez là,

» pantelans, sur le carreau, en proie aux

» tourmens d'une incessante agonie........

» Non ! vos livres ne sont pas des livres,

» vos drames ne sont pas des drames, mais

» des effrayantes réalités ; et des maux que

» vous causez, celui-là n'est pas le moindre.

» Dans votre impitoyable système, vous

» portez la désorganisation dans le méca-

» nisme social. Telle renommée était restée

» jusqu'à vous cachée sous le voile mysté-

» rieux du sanctuaire, ou derrière la ma-

» jesté du trône, et vous la saisissez vio-

» lemment par la main, la flétrissez sur le

» front et l'appliquez ensuite au pilori de

« la publicité, comme le bourreau saisit,

« flétrit un infâme et l'applique au carcan. »

Je sais ce que j'ai à répondre à l'une et
à l'autre incrimination, et d'abord je dirai :

Examinez notre époque ; voyez comme

elle est grosse d'émotions, palpitante de souvenirs effrayans, passionnée de sa propre passion, sanglante de son propre sang, au sein de laquelle vient de se jouer un drame en trois actes, où trois rois vivans sont morts au plus beau trône du monde : et tout cela a été dramatisé, non pas fictivement ; non pas sur l'étroite enceinte de quelques planches de sapin, à la blafarde clarté du gaz hydrogène ; mais bien avec une terrible réalité, dans la rue, là, voyez-vous, de vous à moi, à coups de canons, à coups de fusils, à coups de baïonnettes, en face des peuples de la terre, qui composaient notre parterre, et des rois absolus, qui occupaient les premières loges, pâles, tremblans, tenant à deux mains leurs couronnes chancelantes. Tandis que tant de sentimens divers tourbillonnent encore brûlans dans les cœurs, labourent nos ames dans tous les sens ; je vous le demande ? ira-t-on étaler sur la scène de jolies petites passions, parfumées de jasmin, de roses et d'amour, comme les jolis petits drames de Scribe et d'Ancelot. En présence de ces effets réels, de ces actes positifs, quel effet théâtral, quelles illusions obtiendrez-vous de ces crépuscules de sentimens, de ces manières du temps passé, où l'on jouait la tragédie *décemment ;* où il fallait avoir *bon ton,* même en tuant son ennemi ; où il fallait tomber avec *grâce* et mourir *convenablement ;* où enfin les gestes des acteurs étaient en rapport avec la poudre dont on affublait *Phèdre* et *Clytemnestre ?* Demandez plutôt aux vainqueurs de la Bastille, s'il en est encore, ou bien aux combattans de juillet, quelles passions sillonnaient leurs poitrines ; quelle poésie de

sentiment scintillait dans leurs cœurs ;
lorsqu'à côté d'eux, devant eux, derrière
eux combattaient, tombaient, mouraient
les glorieux compagnons de leurs périls :
certes, leur témoignage, à eux, doit être
de quelque poids en pareille matière. Au
surplus, ces violentes secousses, ces terreurs accablantes, qui vous effraient et vous
subjuguent, sont de salutaires terreurs, des
ébranlemens nécessaires qui refoulent dans
l'abîme des cœurs le crime qui s'efforce
d'apparaître au jour de la réalisation. Ainsi
la foudre céleste frappa l'archange déchu,
et le fit rentrer dans le gouffre sans fond des
demeures infernales, au moment de se
montrer au séjour de la lumière.

En second lieu, je répondrai : La littérature est une chaire de vérité, où va se
placer l'écrivain pour accomplir la mission

qu'il s'impose, pour juger l'espèce humaine, exercer une publique censure sur les mauvaises passions, soit qu'elles se fassent jour à travers l'habit grossier de bure, soit qu'elles trônent et régnent le sceptre en mains ou la tiare en tête. S'il en est ainsi, peut-on faire un crime à l'écrivain, s'il voit tel visage, qui aurait dû rester toujours auguste, toujours respectable pour être respecté, se barbouiller de honte et de mépris; si, d'un regard observateur, il remarque sur une robe autant de taches de sang et de boue qu'il y a de perles et de larmes d'or; s'il dit qu'une *Borgia*, infâme fille d'un pape infâme, fut un hideux réceptacle d'adultères et de meurtres (1); qu'une *Marie Tudor* descendait de son

(1) Drame de Victor Hugo.

siége élevé, pour froisser, l'une contre l'autre, les deux extrémités des choses humaines : son corps de reine et le corps du bourreau (1); qu'une *Marguerite de Bourgogne* fût une autre Messaline ; que le lit de ses impudiques amours était un lit d'étouffement et ses baisers des arrêts de mort (2)? Non, sans doute : on ne saurait sérieusement accuser celui qui, exhumant des décombres des siècles tout ce qu'ils recèlent de scélératesse et d'ignominie, le stygmatise du sceau de la réprobation et le livre ensuite à la malédiction des peuples.

— « Mais du moins votre impitoyable » imagination devrait respecter le manteau

(1) Drame de Victor Hugo.

(2) Drame d'Alexandre Dumas (LA TOUR DE NESLÉ).

» de la gloire et de l'honneur. » — Oui ;
sans doute : gloire et honneur au vainqueur
de Marignan ! gloire et honneur au noble
vaincu qui signa l'immortel billet de Paviel
Mais honte et opprobre à l'homme qui
viola la couche maritale ; qui se fit un jeu
de l'honneur des familles ! honte et opprobre à l'homme barbare qui voulut faire
entrer à coups de hache les convictions
dans les cœurs !

Telle est la morale de l'école moderne.
Voulez-vous savoir quelle est sa religion ?
écoutez : Chaque époque renferme dans son
sein une religion à elle propre, qui réside
au fond des choses sociales et des puissances
de l'ame : or, le monde religieux a eu trois
grandes phases bien distinctes. La première
commence à l'origine des siècles, au ber-
ceau du premier homme ; sa religion dut

être sans doute un mélange à la fois de reconnaissance, de terreur et d'espoir. —
De reconnaissance : il en devait à l'auteur
de son être, qui s'était plu à faire en lui le
chef-d'œuvre de la création.—De terreur :
elle pénétra dans son ame, lorsqu'après sa
chute, l'ange, à l'épée flamboyante, lui
ferma sans retour les portes des champs
Édéens. — D'espoir : une voix consolatrice
lui annonça la réhabilitation de la racé
humaine, au moment même où fut porté
l'arrêt de sa déchéance. C'est cette religion
que célèbre Isaïe, l'historien de l'avenir,
lorsqu'abimé dans une extase prophétique,
contemplant le grand événement de cette
mystérieuse réhabilitation, il s'écrie : « *La*
» *rosée céleste se forme dans les régions*
» *éternelles, pour produire le juste, lorsque*
» *les temps seront accomplis.* »

Et puis le torrent de l'iniquité déborda la pureté de ce culte ; le monde s'abreuva à la source des croyances viciées ; tous burent le limon de la corruption ; tous , excepté le peuple élu qui vivait ignoré dans un petit coin de la terre. C'est cette époque d'une religion matérielle que célèbre la grande voix d'Homère, lorsqu'il demande aux cordes de sa lyre le tableau des divinités de l'Olympe. Ici, c'est Jupiter, dieu et homme, toujours homme, même quand il était dieu : unité composée de ciel et de terre, de force et d'impuissance, de vertus et de vices, de haine et d'amour ; là, Junon, l'implacable Junon, obsède le maître des dieux de ses éternelles exigences ; plus loin, un nuage complaisant dérobe aux yeux indiscrets le roi des dieux et la reine des grâces , autour desquels voltigent à l'envi les ris, les plaisirs et l'amour.

Ces opinions étaient sans doute contraires au bon sens ; mais ces opinions étaient celles des peuples chez lesquels, et pour lesquels chantait Homère. Ainsi le poète hébraïque et le chantre hellénique, en adaptant leur poésie aux croyances admises, ont fécondé la morale publique de leur pays ; ont fait chacun l'histoire de leur époque.

Mais après cette période du monde religieux, une grande révolution morale est venue tremper les cœurs d'une trempe nouvelle. Oh ! ce n'était pas une secousse volcanique, un génie destructeur qui démolit sans édifier ; mais une religion sublime, simple et pure, parce qu'elle avait sur ses lèvres un sourire de paix, un sourire d'amour ; c'était l'enfant de la promesse, le juste, né des condescendances de l'amour

infini. Elle a pris l'humanité par ses lisières,
l'a suivie dans toutes ses phases, l'a accom-
pagnée au seuil d'une vie nouvelle, et lui a
ouvert les portes de l'initiation. Cette religion fut appelée *le christianisme,* ou *la voix
des progrès*. Eh bien! c'est cette conviction
nouvelle, qui s'est inoculée dans nos mœurs,
que nous voulons, à notre tour, inoculer
dans la littérature; c'est à elle que nous
voulons demander le souffle de l'inspiration,
ou, pour tout dire en un mot, c'est du
baptême du christianisme que nous voulons
baptiser le monde intellectuel : vous con-
naissez maintenant notre religion littéraire.

Quelle est la vôtre, à vous, admirateurs
étiolés d'une idole déchue! savez-vous ap-
proprier, harmoniser vos sentimens aux
sentimens de votre époque? Bien loin de là,
vous rebroussez monstrueusement vers les

temps homériques; au lieu de retremper vos ames émoussées dans les eaux du Jourdain, vous allez vous plonger jusqu'aux talons dans la fange du Styx ; au lieu d'aller chercher vos inspirations sur le mont Sinaï comme Moïse, ou sur le mont Golgotha comme le Fils de l'homme, vous allez ridiculement grimper sur l'éternel sommet du Parnasse , où vous enfourchez le vieux Pégase , Rossinante décharnée dont vous éperonnez les flancs à coups redoublés ; et puis, épuisés de fatigue, essoufflés, hors d'haleine, vous invoquez à grands cris les Muses, Apollon et tous les dieux de la fable. A votre voix *Thémis prend ses balances ; le Temps s'enfuit, une horloge à la main* (1) *; les cors des noires Euménides appellent les*

(1) Boileau. — Art poétique.

fidèles aux Vêpres siciliennes (1); *le Rhin pleure ; les Naïades craintives fuient épouvantées, à l'approche de Louis XIV, roi très-chrétien, et le fils aîné de l'église catholique, apostolique et romaine* (2).

Ce n'est pas tout : hâtez-vous ! mettez vos lunettes microscopiques, et voyez, si vous le pouvez, les Nymphes et les Naïades des bords de la mer de Provence, apportant, à pleines mains, des couronnes de lauriers à quelques vétérans de la grande armée, qui accompagnent Napoléon et sa fortune, des bords de l'île d'Elbe au golfe de Cannes. Concevez-vous ce qu'avaient à faire ces divinités fabuleuses dans un fait si

(1) Le Père Lemoine. —Poëme sur la fatale journée des Vêpres siciliennes.

(2) Boileau.—Epître sur le passage du Rhin.

positif et si récent? Les Nymphes et les Naïades, gentilles, sans doute, et craintives de leur naturel, devaient faire une drôle et plaisante figure, en présence des figures balafrées et noircies de nos vieux grognards (1). Autant vaudrait, à l'imitation de Paul Véronèse, représenter les convives des noces de Cana coiffés à l'italienne, et invités à la joie du festin au son des violons et des contrebasses; ou bien faire figurer sur la colonne Napoléon, cette grande figure moderne, enveloppé de la clamyde grecque ou de la toge romaine.

En vérité, c'est vraiment chose étrange de voir notre littérature, fille née d'une époque récente et d'un royaume très-chrétien, remonter la chaîne des temps

(1) Épopée napoléonienne par un frère de Bonaparte, ouvrage, au reste, plein de vigueur et de poésie.

vers les sociétés antiques, et briser le christianisme, lien vivant, anneau nuptial qui a scellé l'alliance auguste de la morale avec les sociétés modernes.

Qu'on y prenne garde : il y a peut-être plus qu'une querelle d'école dans ce mouvement rétrograde de la pensée. A force d'aboutir à la Grèce et à Rome par la littérature, nous pourrions bien aboutir à la Grèce et à Rome par la politique ; et de plus, dites : D'où vient ce vent d'incrédulité et d'athéisme, qui souffle sur les nations, balaie toutes les croyances, et ne laisse rien dans les cœurs, rien que le silence du tombeau et le vide du néant ? Hâtons-nous de le dire : la chose en vaut la peine ! — C'est de l'inoculation du vieil élément religieux dans les veines d'un monde régénéré. Si vous m'en demandez la preuve, la voici :

Lorsque la classe infime de la société et les jeunes esprits jettent les yeux sur les pages de nos livres, toutes imprégnées des faiblesses, des défauts, des vices même des dieux de la fable, qu'arrive-t-il ? qu'un sourire de malice vient souvent effleurer les lèvres du lecteur, et qu'à force de sourire à l'idée d'une divinité méprisable, par une suite malheureusement trop ordinaire, du mépris d'une divinité imaginaire, il passe souvent à l'indifférence, je dirai même, à la négation d'une divinité réelle ; de là, sans contredit, cet abîme sans fond, où, la bonne foi, la pudeur, la justice, toutes les vertus enfin, vont s'engouffrer, pêle-mêle, pour le malheur des nations. Cette conséquence est inévitable : c'est la loi irrésistible de l'humanité. *Si vous semez des vents, vous recueillerez des tempêtes.*

La littérature moderne, au contraire, s'harmonisant avec nos mœurs, sympatisant avec nos croyances de famille, vient à la fois, fléau vengeur du crime, colombe consolatrice, arc-en-ciel du chrétien, nuancé d'espérance et de joie, annoncer aux esprits abattus le terme prochain de leurs longues tourmentes.

Mais, sans parler encore des conséquences politiques et morales qui dérivent de l'ancien système littéraire, croit-on que cette manie de ne pas sortir de la Grèce ni de ses croyances, n'ait pas été jusqu'à nous la cause de l'absence presque totale de toute bonne poésie lyrique? Peut-on, de bonne foi, être réellement inspiré, lorsqu'on demande avec Rousseau la vie de son père à Pluton; quand on se dit épouvanté par les Euménides et Cerbère? tout cela était d'un merveilleux fort lyrique dans la poésie des Grecs, parce qu'ils y croyaient; parce que la pensée de ces objets les agitait réellement, les effrayait. Pour nous, qui avons secoué ces idées de poussière, qui n'y croyons pas, ce n'est que de l'arrangement; car il ne saurait y avoir aucun rapport entre le calcul et la gêne et l'entraînement d'une ame inspirée. Je ne veux pas parler ici seulement de J.-B., mais aussi de Racine qui, sublime dans les cœurs d'Athalie, échoue dans quelques essais où il fait figurer la nymphe de la Seine et son cortége. Certes, on ne peut refuser à Rousseau une place distinguée parmi les chantres vraiment inspirés des grandes catastrophes : la cantate de *Circé* suffirait seule pour nous en donner la preuve. Dans ce chant vraiment pindarique, il a dépeint, en caractère de feu, les angoisses terribles d'une femme jalouse qui se sent la force de tirer une vengeance cruelle d'un cruel abandon.

Après avoir ainsi inutilement exhalé leurs sentimens de haine contre la nouvelle école, contre la tendance morale de son système ; après avoir défendu, pied à pied, mais toujours à reculons, leurs propres principes religieux en matière littéraire, les fauteurs des vieilles idées se sont rabattus sur le style. « Voyez-vous, disent-ils, comme ce style » saccadé, métaphorique, incorrect même, » s'agite violemment dans l'enceinte des » phrases. Tantôt vous le voyez d'un seul » bond s'élancer dans la nue ; tantôt hum- » ble et bas ramper dans la poussière. — » Le style, c'est l'homme : que conclure » donc au sujet de ces hommes nouveaux, » sinon qu'ils sont exaltés sans raison, et sans

» raison, abjects dans leurs pensées? Oh !
» qu'ils sont loin, bien loin de Racine et de
» Boileau, seuls maîtres en l'art d'écrire. »

A cette attaque, la nouvelle école répond : Bien que le style soit le résulat d'une organisation individuelle, il n'est pas cependant tellement indépendant des événemens, qu'il ne reçoive de leur actualité une impulsion réelle. Le génie littéraire du grand siècle, par exemple, isolé, comme nous l'avons déjà dit, sur les ruines du vieux temps, n'osant, dans ses admirables chefs-d'œuvre, porter sur le présent une pensée téméraire, se vengeait du fond par la forme, polissait, polissait son style, et le laissait, enfant gâté de ses loisirs, respirer l'air de cette galanterie chevaleresque, qui parfumait l'atmosphère du poète, d'amour et de volupté. Il le pouvait, sans doute, rien n'était là pour troubler ses momens de repos. L'horison était encore vierge de ces ouragans terribles, de ces avalanches dévastatrices qui portent partout l'épouvante et l'effroi : voilà pourquoi dans les vers de Racine, un style pur, gracieux, élégant et facile, coule tout doucement comme ces ruisseaux de lait du paradis des poètes, ou vole rapide comme une gente nacelle, ornée de guirlandes de roses, glisse légèrement sur la surface polie d'un lac immobile. Mais depuis, quelles chutes de torrens ont troublé la pureté de ce lac ! que d'événemens abondans en fertiles idées se sont pressés autour de nous ! de fatales dissentions au dedans, des guerres sanglantes au dehors ; là, des crimes ; ici, des triomphes : voilà notre époque.

Or, je vous le demande, tandis que nous

palpitons encore de terreur à la fois et de gloire, le style peut-il, doit-il, oiseau léger, raser d'une aile légère la surface des événemens? peut-il, doit-il convenablement, parure soyeuse, revêtir gracieusement des passions soulevées? et dites : Après qu'un violent mistral a bouleversé la mer jusque dans ses abîmes, voyez-vous la surface des eaux unie comme le cristal d'une onde pure et tranquille?

Ecoutez un soldat sans éducation comme sans instruction, mais échauffé, électrisé, couvert de sang, du sien et de celui de l'ennemi, bronzé par la poudre qu'il a brûlée; il raconte, il peint la mêlée d'où il sort; son langage est figuré, rempli d'images, hardi, téméraire peut-être; il l'a été quand il courait à la charge; il fait ainsi de la poésie, et de la poésie actuelle. Eh bien !

nôtre pays a été pendant quarante ans, et
se trouve encore aujourd'hui dans cet état
d'inspiration, et nous ne nous en ressentirions
pas dans nos accens, et nos phrases seraient
bien encadrées dans des périodes arrondies,
bien unies, comme la surface du lac, tandis
que tout se meut, se heurte autour de nous.
Ce serait la douce et tendre mélopée de
Vergnaud, vibrant au milieu des scènes
tumultueuses de la Convention; une hymne
d'Apollon, apportée de la Grèce par Iphi-
génie, et chantée inutilement aux fêtes
sanglantes de la Tauride; une poignée de
fleurs jetée sur un volcan.

Quoiqu'il en soit d'ailleurs de cette ano-
malie littéraire, polir nos œuvres, et les
polir encore comme autrefois, c'est maintenant chose impossible, et cela se con-
çoit. Autrefois un ouvrage absorbait la vie

d'un auteur; il fallait des années et de longues années pour le soigner dans tous ses détails ; aujourd'hui ce soin minutieux de la forme a disparu, pour ainsi dire ; devons-nous nous en plaindre : ce serait se tromper d'époque, confondre le présent avec le passé, la civilisation moderne avec l'abrutissement d'un autre âge. A Rome, le peuple affamé frappait aux portes du sénat, ou se retirait sur le mont sacré ; là, sa faim demandait à grands cris du pain et du pain. Aujourd'hui le peuple ne vit pas isolé de l'Etat ; il tend au contraire à s'identifier avec la pensée commune, pour former une grande et réelle unité de peuple ; il travaille, il veut concourir au bien-être de la communauté ; mais il sent qu'il a besoin de s'éclairer sur ses véritables intérêts. Il demande des livres et des livres : lui en refuserez-vous ? attendrez-vous qu'il vous en demande du mont Aventin...... Il faut donc qu'une circulation active de la pensée aille du centre aux extrémités, et des extrémités au centre. Dans cet état de choses, est-il loisible à l'écrivain d'élaborer, dans le silence du cabinet, comme Cicéron, Racine et Buffon, les œuvres de son génie, pressé qu'il est par les circonstances et les idées qui l'assaillent de toute part?

Et pour ne rien laisser sans réplique : Cette subite transition du style soutenu au style familier, que vous nous reprochez avec tant d'amertume, est une conséquence immédiate de notre système. Vous peignez, vous, des êtres génériques, métaphysiques, dont la nature ne nous offre pas des modèles réels, et vous les faites parler comme on parle sans doute dans ce monde inconnu, où vous

prenez leurs caractères : — c'est logique.
Mais nous, qui représentons les hommes
tels qu'ils ont été, ou tels qu'ils sont dans
la nature, de chair et d'os comme vous et
moi ; tantôt grands et sublimes, tantôt
faibles et bas dans leurs pensées comme
dans leurs actions, nous leur donnons un
langage approprié à leur nature ; un langage
élevé, sublime, humble, familier, ignoble
même, s'il le faut, et pourquoi pas ? n'est-
ce pas ainsi que sont les hommes? — et c'est
encore logique.

Ainsi donc ces inégalités dans le langage,
ces aspérités, ces incorrections, que bien
des gens regardent comme le résultat de
l'impuissance, sont le cachet de l'époque,
les nœuds de la massue d'Hercule.

Et d'ailleurs est-ce bien à la superficie des
choses, aux vêtemens qu'il faut s'arrêter?

voudrait-on, par hasard, attifer la littérature de nos jours, comme une vieille mar-
quise de l'Œil-de-Bœuf, traînant après elle
une longue queue de moire, balançant avec
mollesse les plumes de son front, cachant
sous une profusion de mousseline et de
bouffante un petit corps tout frêle, tout
ridé par la malice du temps, comme la
tourterelle cache son exiguité sous son
duvet et ses ailerons aux longues plumes ?
c'en est fait : ces grèbes, cette poudre, ce
rouge, ces mules à talons, tout cet attirail
enfin du vieux temps ne convient pas mieux
aux beautés de nos jours qu'à la mâle littérature de notre siècle. On est aujourd'hui
plus positif ; on veut moins d'apparence et
plus de réalité, moins de fleurs et plus de
fruits, plus de pensées et moins de mots ;
il n'est rien d'ailleurs qui décèle tant le

vide du dedans que l'apparat du dehors.

Ce n'est pas que nous voulions faire aller la pensée comme ces bacchantes que la fable nous représente échevelées, nues, vagabondes, bondissant à travers les monts et les vallées. Non, sans doute; nous voulons faire remarquer seulement qu'en matière littéraire, le dehors, c'est-à-dire le style, est chose tout à fait accessoire, et que le point culminant c'est la pensée, parce que *la pensée c'est l'homme*, quoiqu'en ait dit Buffon. C'est à elle seule qu'il faut s'arrêter; c'est dans son sein qu'il faut descendre pour en sonder la profondeur, en fouiller les replis, en parcourir le dédale; c'est là qu'est le foyer des lumières, le flambeau de la raison; c'est là que l'écrivain, au nom du ciel, va s'armer du fléau vengeur de l'humanité, pour en frapper le vice, soit qu'il le trouve caché sous les décombres des siècles écoulés, soit qu'il le saisisse à la gorge, ici, parmi nous, au milieu des pages vivantes de notre histoire actuelle.

Après avoir exposé avec franchise les principes de notre morale et les dogmes de notre religion, il nous reste à vous faire connaître les saints que nous honorons, que nous environnons d'un respectueux hommage et d'une sincère admiration.

Il s'est rencontré d'abord un homme au génie élevé, au regard scrutateur et puissant, penché, pour ainsi dire, sur l'abîme du monde moral ; son œil osa sonder toutes ses profondeurs. Dieu ! la littérature et la religion, muettes au bruit du canon, gisaient là, délaissées, comme un vieux tableau de famille. A cette vue, sa grande âme indignée frissonna de terreur, et tout à coup son génie enfanta le génie du christianisme, œuvre sublime qui tua les dieux immortels, ressuscita parmi nous la religion expirante, réconcilia le ciel avec la terre, la littérature avec la France. Certes, il n'était pas un jeune et turbulent écolier, impatient de secouer la poussière des bancs et de briser le frein de la discipline collégienne, cet homme qui dépasse de toute sa tête les *Micromégas* de notre époque.

> Oiseau géant, il fuit notre terre profane ;
> Dans l'océan de l'air il se maintient en panne.
> Là, du lourd quadrupède il contemple l'abri ;
> L'aigle qui passe en bas lui semble un colibri.

Et puis apparut une femme ; la nature lui avait donné tout ce qu'il faut pour être la tutrice de tout un monde d'intelligences : profonde comme Montesquieu , ironique

et spirituelle comme Voltaire, passionnée,
passionnée surtout comme Jean-Jacques et
Sapho , elle avait le secret d'agiter les
esprits , d'entraîner les résistances et de
suppléer à la conviction par l'enthousiasme.
C'était..... plus qu'un homme..... un génie
d'homme dans un cœur de femme. Aux
magiques accens de Corinne, l'Italie semble
s'animer et revivre ; le Capitole relève sa
tête courbée sous la poudre des âges ; il
semble encore dominer le monde , non par
ses Paul-Émile, ses Fabius ; ses Scipion ;
mais par ses Raphaël, ses Michel-Ange,
ses Dante, ses Torquato-Tasso, pacifiques
génies , héros de la pensée, qui ont plus
fait pour l'humanité , en étendant le domaine des lettres et des arts , que ces héros
tant vantés de Rome guerrière , en subju-
guant les nations par la force des armes.

Voyez disparaître du sein de la nouvelle Rome, comme des ombres fantastiques à l'approche de la lumière, cette mythologie de l'imagination, cet Olympe, ces Dieux, ce Phlégéton, ce Tartare, ces bosquets éliséens, lorsque sa poésie, voix humaine de l'orgue sacrée, s'épand, en flots d'harmonie, dans la majestueuse enceinte de cette première cathédrale de la chrétienté.

Les anciens élevèrent des autels au musicien qui ajouta une corde à la lyre ; et la France reconnaissante dira, d'âge en âge, la gloire impérissable de Lamartine qui a remplacé la corde du polythéisme par la corde chrétienne. Oh ! que sa voix est mélancolique et tendre, lorsqu'il chante *la fuite des heures !* avec quelle âme inspirée il nous peint la nature à genoux devant son créateur et son maître ! avec quelle sainte affirmation il s'adresse à Dieu , Seigneur puissant, sensible Père ; au milieu de cette adoration universelle !

Ces trois génies furent comme le conseil de famille de ce nouveau monde, né de la politique et de la raison. Châteaubriand et Madame de Staël firent sa layette, le prirent dans leurs puissantes mains , le portèrent aux fonts régénérateurs , et Lamartine, pontife sacré, versa sur sa tête les eaux lustrales du baptême. Ainsi le pieux évêque de Rheims baptisa Clovis et son armée ; et chose étrange , on oublia de lui donner un nom , comme Dupin oublia, dans la Charte de 1830 , de donner à la France son drapeau , et alors on lui en donna un qui, ne signifiant positivement rien (je veux parler du nom), pouvait s'appliquer à tout : on l'appela *romantique* et ses ennemis

classiques, mot qui ne signifie pas davan-
tage. Dès-lors une guerre acharnée com-
mença, et des flots d'encre coulèrent.......
Au milieu de ce conflit de haines enveni-
mées, d'acrimonieuses invectives, à travers
ces coups de plumes acérées, voici venir
un jeune homme à la tête haute, à l'ame
fortement trempée, au génie plein de sève,
vigoureux tour à tour et flexible ; il est tout
ce qu'il veut, parce qu'il veut tout ce qu'il
peut ; géant, lorsqu'il mesure la taille d'un
géant ; trouvère langoureux, lorsqu'il sou-
pire *l'aveu du châtelain*, ou les craintes
amoureuses *de la jeune fiancée du timballier*.
A sa démarche assurée, vous eussiez dit ce
célèbre marin qui, traversant, un jour de
fête à la cour, la foule des courtisans
groupés, serrés dans les salons du palais,
coudoyant les uns, marchant sur les pieds

des autres, alla, avec sa brusque allure de marin, s'installer aux premiers rangs. On murmura, on se fâcha, et puis on se tut; car on murmurait, on se fâchait contre..... Jean-Bart. Ainsi s'est avancé ce jeune homme, aux formes rudes et franchés. Plus d'un auteur ont froncé le sourcil; on a bien crié et l'on crie encore; mais que font toutes ces vaines clameurs à celui qui s'appelle Victor Hugo. Il s'est fait jour à travers la multitude qui obstruait son passage, et a pris la littérature, comme il a pris sa jeune fiancée, doucement par la main, pour l'initier aux mystères de la vie qu'elle avait à vivre. La morale du roman et du drame, le véritable enthousiasme de l'ode, les plaintives douleurs de l'élégie furent surtout les phases de son existence. Dès-lors le drame et le roman furent le fidèle reflet des caractères des mœurs, des passions ; non pas des abstractions, mais des réalités ; non pas des généralités, mais des individualités de chaque époque, de chaque classe en particulier. Ainsi ils ont fait, l'un et l'autre, des portraits ressemblans, au lieu de figures de fantaisie ; et de plus, le théâtre, après avoir quitté ses échasses qu'on appelle cothurnes, s'être dépouillé de ce manteau de pourpre qui éblouissait les yeux, est humainement descendu à l'humble niveau de la nature. La poésie, qu'il ne faut pas, certes, confondre avec le vers, a été bannie de son sein, comme chose inutile, voire même ridicule dans le langage ordinaire. Il s'est borné à épier le mouvement des choses sociales, à saisir les mœurs sur le fait, et les passions en flagrant délit.

L'ode surtout a été ramenée à son type

primitif; elle étouffait de dépit, en sanglot-
tant, les disgrâces d'un trésorier; elle rou-
gissait de souhaiter de la santé à un duc, et de
féliciter une dame sur le gain de son procès.

Saisie d'un élan généreux, elle a relevé son
vol, a bâti son aire au-dessus de ce monde
vulgaire, étroit et méphitique; et des régions
élevées où elle respire maintenant à son aise
un air subtil, dégagé, natal, envisageant les
sublimes horreurs comme les sublimes beautés, les gloires extraordinaires comme les
grandes catastrophes, elle demande ses
inspirations créatrices, non pas à des causes
étrangères, froides et mortes pour elle,
mais à son propre sujet, avec lequel elle
semble avoir vécu, duquel elle s'est nourrie,
avec lequel elle s'est identifiée. Voyez, par
l'exemple suivant, s'il peut exister pour
elle un meilleur Apollon.

LUI.

Toujours lui ! lui partout ! Ou brûlante ou glacée,
Son image sans cesse ébranle ma pensée ;
Il verse à mon esprit le souffle créateur.
Je tremble, et dans ma bouche abondent les paroles,
Quand son nom gigantesque, entouré d'auréoles,
Se dresse dans mon vers de toute sa hauteur.

Là, je le vois guidant l'obus aux bonds rapides ;
Là, massacrant le peuple au nom des régicides ;
Là, soldat, aux tribuns arrachant leurs pouvoirs ;
Là, consul, jeune et fier, amaigri par des veilles
Que des rêves d'empire emplissaient de merveilles,
    Pâle sous ses longs cheveux noirs.
. . . .

Puis, pauvre prisonnier qu'on raille et qu'on tourmente,
Croisant ses bras oisifs sur son sein qui fermente,
En proie aux geôliers vils comme un vil animal ;
Vaincu, chauve, courbant son front noir de nuages,
Promenant sur un roc, où passent les orages,
    Sa pensée, orage éternel.
. . . .

Qu'il est grand à cette heure où , prêt à voir Dieu même,
Son œil qui s'éteint roule une larme suprême !
Il évoque à sa mort sa vieille armée en deuil,
Se plaint à ses guerriers d'expirer solitaire ;
Et, prenant pour linceul son manteau militaire,
  Du lit de camp passe au cercueil.
       (Victor Hugo.)

Quelle vérité dans le portrait ! quel naturel dans l'expression ! et qu'avaient à faire la fiction et l'exagération auprès d'une réalité si grande, si imposante et si poétique par elle-même. Il fallait le peindre *lui*, toujours *lui*, en peu de mots, et c'est ce qu'a fait Victor Hugo. Géant lui-même, il pouvait seul mesurer la taille du géant, et il l'a mesurée. . . . .

Voulez-vous savoir comment son génie dépeint de belles horreurs, lisez *un chant de fête de Néron;* mais non , ces choses là ne lisent pas, on les écoute ; écoutez donc le

tyran couronné de roses, à la vue l'incendie
de Rome, rugir ces paroles sublimes de
férocité :

Voyez-vous, voyez-vous, sur sa proie enflammée
Il déroule (1) en courant ses replis de fumée ;
Il semble caresser ses murs qui vont périr ;
Dans ses embrassemens les palais s'évaporent.
Oh ! que n'ai-je aussi, moi, des baisers qui dévorent,
    Des caresses qui font mourir !

Ecoutez ces rumeurs, voyez ces vapeurs sombres,
Ces hommes dans les feux errant comme des ombres,
Ce silence de mort à degré renaissant !
Les colonnes d'airain, les portes d'or s'écroulent !
    Des fleuves de bronze qui roulent
Portent des flots de flamme au Tibre frémissant !
. . . .

Fier Capitole, adieu ! Dans les feux qu'on excite,
L'aqueduc de Sylla semble un pont du Cocyte.

(1) *L'Incendie.*

Néron le veut, ces tours, ces dômes tomberont.
Bien ! sur Rome à la fois partout la flamme gronde ;
Rends-lui grâces, reine du monde !
Vois quel beau diadème il attache à ton front.

. . . .

Qu'un incendie est beau lorsque la nuit est noire !
Erostrate lui-même eût envié ma gloire.
D'un peuple à mes plaisirs qu'importent les douleurs !
Il fuit ; de toutes parts le brasier l'environne.....
Otez de mon front ma couronne ;
Le feu qui brûle Rome en flétrirait les fleurs.

(Le même.)

Que l'antiquité se prosterne à deux genoux devant cette œuvre du génie moderne. Jamais le souffle d'Apollon et des Muses n'a inspiré ; jamais Cerbère et Némésis n'ont hurlé une peinture aussi horrible de vérité. Là, point d'enthousiasme factice ! point de sybilliques transports, point de chaleur qui s'évapore en de glaciales exclamations. Ici tout est vrai, ressemblant, naturel ; ici vous voyez bien dessiné l'ame entière de Néron, telle qu'elle battait dans sa poitrine de tigre , horrible de poésie, brûlant de donner—

— . . . . des baisers qui dévorent,
Des caresses qui font mourir !

Les femmes ont aussi puissamment contribué à l'éducation de la nouvelle école. Ses regards reconnaissans s'arrêtent avec complaisanec sur M^{m} Tastu et Mme Desbordes-Valmore.

Cette première lui apprit à donner aux vers la véritable couleur du sentiment ; sa poésie, moitié rêveuse , moitié positive, mais toujours harmonieuse, brille entre la poésie de Victor Hugo et celle de Lamartine ; l'autre , ravissante de grâce et de *laisser-aller*, femme surtout, mais femme tendre et sensible, n'a d'autre ambition que de conter ses émotions d'amante et de mère.

Je pourrais bien encore vous entretenir de bien d'autres auteurs qui ont fructueusement labouré les champs de la nouvelle école; mais c'est que, voyez-vous, il en est du génie comme de Dieu : pour en parler dignement il faut être lui-même.

De cette esquisse rapide, trop rapide peut-être, de ces deux époques littéraires, deux grandes vérités jaillissent étincelantes de lumières : à savoir que la littérature de nos pères, humblement soumise aux rigueurs d'une sévère politique, assise sur les ruines du passé, demandant à une époque qui n'est plus ses inspirations sublimes, rêvant un monde au-dessus de la nature humaine, ne porte gravé sur son front ni le symbole de l'humanité, ni le sceau de la nationalité.

En second lieu, que des événemens régénérateurs, en modifiant, procréant, pour ainsi dire, un nouveau système politique, ont modifié, procréé, et le caractère moral, et la face physique de notre système intellectuel.

Heureux et solennel résultat que celui-là ! car par cette régénération, la politique, la littérature et la religion, sœurs jumelles, long-temps ennemies, mais sincèrement réconciliées aujourd'hui, véritable trinité sur la terre, en état continuel de communion réciproque, procédant tour à tour l'une de l'autre, cause ou effet chacune à son tour, ont imprimé au mécanisme social un tel mouvement de progrès, que toute puissance humaine oserait vainement enrayer.

Il faut donc avouer, quoiqu'avec regret, que le grand siècle avait bien ses faiblesses ; cela tenait sans doute aux vanités des choses de la terre, et à l'imperfection des œuvres de l'homme.—A genoux ! cependant devant la majesté des puissances littéraires de cette époque ! à genoux !!! et que notre prostration soit le manteau de Noé, dont on couvre ceux qu'on respecte.

RÉFLEXIONS MORALES

SUR

LA IIIe ET LA VIe SATYRE

DE BOILEAU,

SUIVIES

De la critique littéraire de l'Épître sur le passage du Rhin, du méme auteur, d'après les principes de la nouvelle école.

———

> On est aujourd'hui plus positif ; on veut moins d'apparence et plus de réalité, moins de fleurs et plus de fruits, plus de pensées et moins de mots ; il n'est rien d'ailleurs qui décèle tant le vide du dedans que l'apparat du dehors.
>
> PAGE 55.

> . . . . la satyre
> Va droit à l'homme, au front des accusés tremblans.
> Elle imprime la honte en distiques brûlans ;
> Aux yeux des citoyens, en leur montrant la plaie,
> Elle traine le crime étendu sur la claie.
> Sans doute le poëte, en ce rude sentier,
> Souvent heurte de front le genre humain entier.
> Qu'importe. . . . pour lui tout est profane :
> Un siècle corrompu veut un Aristophane.
>
> BARTHÉLEMI.

SATYRE III.

La littérature, soit qu'elle expose par le récit, soit qu'elle mette en action les mœurs et les habitudes d'une époque, d'un peuple, d'une ville, doit toujours avoir un but moral, c'est-à-dire, qu'il faut rigoureusement que ces mœurs ou ces habitudes soient présentées à l'imitation des hommes, si elles sont honorables, si elles portent le cachet de la probité ou de la religion, ou bien livrées au ridicule ou à l'animadversion de la postérité, selon qu'elles sont ou frivoles ou barbares. Sans cette tendance, la littérature serait une véritable nullité; car elle n'a pas pour objet d'amuser les gens oisifs, de plaire à l'esprit sans toucher le cœur; et bien plus, elle serait une véritable monstruosité qu'il faudrait étouffer sans pitié, si, abusant de la sainteté de sa mission, elle osait livrer au plus léger ridicule ce qui fait ici bas l'objet sacré des devoirs de l'homme. Ce principe une fois établi, examinons si quelques satyres de

Boileau ne se trouvent pas en contradiction flagrante avec ses vérités morales.

Voyons d'abord la satyre III. Quel avantage réel peut retirer l'intelligence? quel fruit peut recueillir l'humanité de la frivole description d'un repas donné par un homme obscur, sans influence aucune sur les mœurs? Certes, c'était bien la peine de mordre ses doigts, de frapper son front, pour arracher du creux de sa cervelle une satyre qui devait avoir pour but de déverser le ridicule sur un sot dont le cuisinier a servi sur une table *carrée*, et à des conviés, *l'un sur l'autre porté*, un méchant *godiveau tout brûlé par dehors, six pigeons étalant pour renfort leurs squelettes brûlés ;* et avant tout cela, *un plat de pois verts qui se noyaient dans l'eau*, etc., etc., etc. Il était donc bien pauvre d'idées le moraliste,

pour s'être arrêté à de pareilles futilités!
Elle était bien impuissante ou bien timide,
cette main qui ne pouvait ou n'osait sou-
lever un coin du voile qui couvrait tant de
scandales! Oh! s'il avait senti, l'auteur,
résider au fond de son ame quelque peu de
volonté et de force, comme il eût dépouillé
cette misérable enveloppe terrestre qui
faisait graviter son imagination vers la terre!
comme il eût frappé du fouet noueux de la
satyre ce faste inutile d'un homme prodigue
qui dépense, en un seul jour, plus que la
famille d'un laboureur en toute une année;
ces repas où sont étalés avec un luxe inso-
lent l'argent, l'or et la pourpre; où les
mets les plus recherchés, les vins les plus
exquis sont prodigués avec une profusion
sans bornes; ces repas enfin pour lesquels
toutes les parties du monde ont été mises à

contribution ! Mais non. — *Il était assis au bord de l'océan des êtres, et son œil ne voulait ou ne pouvait pénétrer ses profondeurs ; il marchait le long de la mer, et il ne voyait qu'un peu d'écume que le flot jetait sur le rivage.* Un esprit moins superficiel, plus pénétré de la dignité de sa haute mission, eût tracé d'une main hardie un tableau plus sévère, plus frappant, plus instructif, et se serait ensuite écrié, avec l'accent d'une profonde conviction, comme le moraliste chrétien : « *Et nunc reges intelligite ; erudimini qui judicatis terram* ». (Pénétrez-vous bien de ces vérités, vous grands de la terre ! Profitez de cet enseignement, ô vous qui jugez les nations.)

SATYRE VI.

Dans cette production, l'auteur s'est pro-posé sans doute d'offrir à l'imagination du lecteur le tableau succinct des inévitables embarras, des désordres sans nombre de la capitale. Eh bien! après avoir lu, étudié, médité l'ensemble et les détails de cette œuvre, avez-vous senti tressaillir dans votre ame un généreux sentiment, scintiller une de ces étincelles de vertu qui annoncent un progrès? avez-vous, par exemple, palpité de terreur et de crainte, à l'idée de cette dépravation corruptrice qui règne au sein d'une ville si populeuse et si vaste, des dangers infinis que court la timide inno-cence au milieu de ce dédale de passions qui fermentent? oh non! Vous n'avez rien senti tressaillir, scintiller, palpiter, rien éprouvé de tout cela ; mais en revanche vous avez été largement dédommagé ; car vous avez appris, particularité remarquable et que vous ignoriez sans doute, que les chats miaulent à Paris d'une manière effrayante ; que

« L'un miaule en grondant, cmmme un tigre en furie,

et que

» L'autre roule sa voix, comme un enfant qui crie. »

Mais dites encore ? vous avez , n'est-ce pas, conçu, nourri , entretenu un noble et honorable mépris pour ces riches orgueilleux qui étalent aux yeux du public le spectacle scandaleux d'une fortune acquise , peut-être, par des voies illicites et coupables, tandis que la vertu, délaissée, gît sur un grabat, en proie à tous les maux qui affli-

sent l'humanité souffrante. — Pas le moins
du monde. Ces anxieuses pensées auraient
saisi votre ame, l'auraient émue, agitée, et
vos yeux se refusant aux douceurs du som-
meil, vous auriez été travaillé par une péni-
ble insomnie. Heureusement pour votre
santé, l'auteur n'a pas si horriblement
assombri son tableau, le ciel en soit béni!...
Vous avez bien, il est vrai, été importuné
durant la nuit obscure; mais passe pour çà;
ce n'a été que par réminiscence des souris,
des rats et des chats qui, oubliant, les uns,
leur timidité naturelle, les autres leur ins-
tinct *raticide,* s'étaient amusés à troubler
le repos du poète. Sa muse a bien juré,
pesté avec insistance, acrimonie même;
mais ce n'était pas sans une bonne raison,
voyez-vous; elle savait bien que *c'était là
le moindre des maux* de son client;

« Car, à peine les coqs, commençant leur ramage,

» Auront de cris aigus frappé le voisinage,

» Qu'un affreux serrurier, laborieux Vulcain,

» Qu'éveillera bientôt l'ardente soif du gain,

» Avec un fer maudit qu'à grand bruit il apprête,

» De cent coups de marteau va lui rompre la tête. »

Passons-lui ces deux premiers vers. Les cris aigus des coqs peuvent bien s'harmoniser, au besoin, avec le miaulement des chats et le retentissement des pas *de la gent trotte menu*; mais les quatre derniers renferment une pensée trop significative pour les laisser passer inaperçus. Eh quoi! vous osez exercer votre esprit, tendre votre arc et lancer au cœur de la classe ouvrière la pointe aiguë de l'épigramme; vous ne craignez pas de livrer au ridicule des hommes utiles à la société; vous n'hésitez pas à leur supposer une avarice exécrable, une ardente

soif de gain. Ce n'est pas, certes, un tel sentiment qui domine dans l'ame d'un honnête et
laborieux ouvrier ; mais l'ardent désir d'ap-
paiser sa faim, la faim de sa femme et celle
de ses enfans. Voilà pourquoi, et pourquoi
seulement cet homme estimable dérobe à sa
vie une partie d'un repos nécessaire. Quel
dommage, bon Dieu ! que vous ayez eu
votre habitation auprès de la modeste bou-
tique d'un travailleur, vous qui vous cou-
chiez tous les jours *avecque le soleil;* mais
jamais avant d'avoir délicieusement humé,
avec vos amis les chevaliers de la table
ronde, les savoureux rayons *de l'astre
favorable* dont vous éprouviez tous la bien-
heureuse fécondité. N'allons pas plus loin ;
nous trouverions partout, plus bas comme
plus haut, frivolité, nullité, sarcasmes
amers contre les devoirs de l'homme.

Je sais bien que ceux qui ne jurent que par l'auteur, nous diront : « Prenez garde ; » Boileau, c'est notre maître ; Boileau, » c'est le législateur du langage; son stile » est pur, doux et coulant ». Nous répondrons à notre tour : Qu'est-ce qu'un stile vide d'idées?— c'est un masque du théâtre des anciens.— Qu'y a-t-il au dehors ?— du vermillon, du coloris ;— et au dedans?— de cervelle, point : *ó oia kephale, kai enkephalon ouk ekei !*

CRITIQUE LITTÉRAIRE

De l'Épître IV de Boileau, sur le passage du Rhin par l'armée française, en 1672.

On ne sait guère quel motif a porté Boileau à traiter un sujet à peine connu dans l'histoire du grand siècle. Quoi qu'il en soit, cette épître est sans contredit la meilleure production de l'auteur. On y remarque de la poésie, une certaine élévation, une sorte de vigueur, heureuses qualités qu'on voit trop rarement dans ses Œuvres. La description de la source du Rhin est vraiment majestueuse, aussi majestueuse que le cours de ce fleuve.

« Au pied du mont Adule, entre mille roseaux,
» Le Rhin, tranquille et fier du progrès de ses eaux. »

etc., etc., etc.

Mais ce qui nous frappe le plus, c'est le discours que le poète met dans la bouche du Rhin divinisé ; on peut dire que ce passage est un morceau de la plus haute éloquence ; on ne peut s'empêcher d'admirer surtout les quatre vers suivans :

« Allez, vils combattans, inutiles soldats,
» Laissez là ces mousquets trop pesans pour vos bras ;
» Et la faux à la main, parmi vos marécages ,
» Allez couper vos joncs et presser vos laitages. »

Certes, ces paroles énergiques eussent été bien capables de couvrir de honte et de ramener au combat ces lâches Hollandais qui, oubliant leur antique gloire, fuyaient sans se battre, eux qui, d'après la devise de leurs enseignes , ne combattaient que *pour l'honneur et la patrie.*

Il est encore d'autres vers que l'on peut

citer avec avantage, tels que celui-ci, bien que la pensée n'en soit pas neuve :

« La honte fait en eux l'effet de la valeur. »

Et cet autre encore où l'on croit voir le coursier de Grammont, qui,

« . . . . tout écumant sous ce maître intrépide,
» Nage, tout orgueilleux de la main qui le guide. »

Mais il est malheureux qu'à côté de ces beautés réelles, l'imagination du lecteur trouve des défectuosités saillantes qu'il ne peut s'empêcher de remarquer.

Peut-on voir, en effet, sans surprise, le Rhin

« Appuyé d'une main sur son urne penchante,
» Dormir au bruit flatteur de son onde naissante. »

Et puis, retiré tout à coup d'un calme

si doux et si tranquille, par les cris répétés des Naïades plaintives et tremblantes au bruit du canon. La poésie, nous le savons, a bien ses priviléges.

« . . . . pictoribus atque poetis
» Quidlibet audendi semper fuit œqua potestas,
» Sed non ut placidis coeant immitia ; non ut
» Serpentes avibus geminentur, tigribus agni. »

Mais pas au point de mettre en rapport des noms et des choses qui impliquent contradiction, qui hurlent de se trouver ensemble ; mais pas au point de faire fuir les humides Naïades au bruit de la mitraille, de mettre aux prises Louis XIV et le dieu du Rhin ; car autant vaudrait le monstrueux tableau dont parle Horace.

Voyez ensuite Louis-le-Grand, *aux yeux duquel les destins n'oseraient balancer*, qui

« Se plaint de sa grandeur qui l'attache au rivage. »

Quelle petite idée sous le manteau de la royauté. Napoléon qui, pour le moins, était aussi grand que lui, ne se plaignait pas de sa grandeur, lorsqu'au passage du mont Saint-Bernard, alors que la terre semblait se dérober sous ses pieds, sa capote de soldat retroussée sous son dos, acculé sur des flocons de neige, glissait ainsi tout le long de la croupe de la montagne ; il ne se plaignait pas non plus de sa grandeur, lorsqu'à la tête des armées, il bravait le fer, le feu des bataillons ennemis, et les sables brûlans du désert, et les frimats homicides du nord.

Et cependant,

« Le Rhin désespéré, pleurant ses vains efforts,
» Abandonne à Louis la victoire et ses bords. »

Que dites-vous du dieu qui pleure ? l'idée

est singulière et l'antithèse plaisante! On voit bien, quelque part dans Homère, Thétis, Vénus émues, versant des larmes de tendresse, de dépit ou de douleur ; Mars, blessé dans la mêlée, pousser un cri terrible ; mais jamais on ne s'est avisé de faire pleurer un dieu guerrier.